싶다가도

싶다가도

한수재 시집

우리글

시인의 말

부정할 수 없는 시간과 존재
그리고 너무도 선명한 마음의 길…

살고, 가고, 뛰고, 서고,
울고, 웃고 싶은 생각 끝에는
나를 너무도 작게 만드는
나를 나이게 했던
고립된 슬픔
나눌 수 없는 사랑
돌리지 못하는 시선
그렇게나 차가운 문이 아득하기만 한 것이다.

2009년 이른봄에
가연嘉然 한수재 적음

차례

2부 꽃잎, 분분한

3부 사랑

4부 가을 연가

5부 바람이 부는 쪽으로

1부 싶다가도

싶다가도

끊임없이 누군가를 적시고 싶다가도

누군가의 끊임없음이고 싶다가도

남보랏빛 숨은 제비꽃과 마주칠 때면

그처럼 눈과 눈에 녹고 싶은 마음이여

아예 사라지고 싶은 마음이여

차를 마시며

차를 우려내는 저녁 무렵

낙엽이 그리워 눈을 낮춰도

풍성한 잎들은 하늘 가득 곱기만 한데

더는 세상에 미련 없다는 어머니의 말씀이

낙엽처럼 그대로 믿어지는 날입니다

바람 부는 밤

참 고요하다
무엇이 닿았다 가는지
풀잎도 녹고
나무도 녹고
소리도 녹는
저것은 누구의 묵은 화禍인가
끝없는 혼잣말
오늘 밤은 나도 따라
절로 풀고 녹아보랴
어디에 맺혀 사무친들
내일은 비라도 시원히 온다면
더 개운할 게 무엇인가

낙화
– 너의 몸

네게 들면
아름다운 세상
너를 뚫고 나오면
눈물 같은 세상

필 일도
질 일도 없는
다 지난 후에
만나는
소리와 소리

네게 들면
네가 들면
드디어 열고
열리는
영혼과 영원

하나로
그리고 싶은

몸과 몸

그 환한 무덤을 열고자
이 세상이 저 세상을
묻지 않는
아름다움이 아름다움을
답하지 않는

황홀한
오늘

장마
– 산안개

안개 시큰한
청계산
물비린내

빨가벗고
노는 소리
들리니?

유혹 끝에
사라지는 구름의 구름
보이니?

은행나무 · 2

사뿐
살을 떼어도 빛나는 웃음

낙화 · 2

꽃이란 꽃은
필 때도
모두 너 같더니

꽃이란 꽃은
질 때도
모두 너 같은 일이

필 때는 꿈이 환하달까
질 때는 생이 환하달까

그렇게 되었어

- 행복

천지天地는 지금
빛투성이 새날인가

짙은 나무 그늘도
그늘 아니고
감기는 새소리도
노래 아니고
꽃이 꽃 아니고
바람이 바람 아니고
구름이 구름 아닌
더더욱 내가
내가 아닌

나는 칠흑의 수렁을 걷고 있나
너에게 가고 있나

흐린 날 · 2

가만히 앉아서
숨죽인 가지의 새순을 보고 있으면
그때가 언제였던가
작년 일인가, 재작년 일인가
소리 없이 해를 잊어버린
몇몇의 목소리가 듣고 싶어진다

눈 오는 날 · 2

실타래같이 풀리고 있습니다
익숙한 길들이 숨고 나면
비로소
가고 싶어지는 길

무관이 상관으로 바뀌는 순간입니다

길
– 낙엽

우리
만나면 부서지는
침묵

꿈을 꾸는가 하면
별이 되는
눈짓

한때 그대 이름으로 배우던
숨결이며 바람이며
몸짓까지

그대 앞에서
무기력해지는
자리마다

산 채로 익어버린
가을 산
슬픈 고백이 있어

따스한 바람

울음이 지는

이 길을 기쁘게 가네

사랑

하염없이 눈이 오면
눈사람이 되고 싶어라
마음에 한 점
부끄러움을 지우고
그 순간처럼 천진할 수 없는
모든 것을 알기 이전의
처음으로
잠시 가지려 했던 것들
편안히 내려놓으면
고이는 맑음 차마 잴 수 없어
누가 주시는 마음인가
혼자 녹지 않으면
생각도 안 나는
그리움도 안 되는
눈사람이 되고 싶어라

지는 잎

좁은 부엌 창밖으로
길게 넘어가는 저녁
한낱 흔들리는 잎을 보며
끝없이 흔들릴 때
여미고 싶은 남은 바람

창창 내다볼 수 없는 그 길에
누구도 읽어주지 않는 저녁만 남더라도
기어이 목까지 옳아온 그리움
그 끝에 홀로 나만 남더라도
미움 없는 생生이라면

바람 가까이 창을 두고
오늘같이 한없이 흔들려도 좋으리

눈은

밤사이 눈은
그대 앞에서 풀려버린 다리처럼
어디라도 무너져 있습니다
멀리 관악산 연주대를 덮은 것 같이
내 마음을 다 덮어버렸습니다
모든 것이 한 순간이었다고 해도
지우기 위해 더 깊은 흔적을 밟아야 했다고 해도
이 순간 한결같은 마음으로
열리는 눈동자
맑게 비춰오는 빛깔
떨리는 순간이 지나가고 있습니다
흔들릴 때마다
가슴으로 파고드는 눈송이
꽃 같은 기억
녹을 일만 남았다고
한 주먹 눈을 시리도록 둥글게 하고
우르르 산이라도 내려앉도록
아주 멀리까지 던져보고 싶었습니다

함박눈

입술이라는 말만 들어도
붉은 문신
다 타버릴 것 같은데
간밤에는 누구의 입술이었을까
문신을 지우고
희디 흰
살결
그 꿈결
아니, 누구의 전부였을까

눈 오는 날 · 1

마음이 마음을 넘어섭니다
끝내는
그대 앞에 녹아지는 별이기까지
한 발자국도 더는 떼지 못하고
이 겨울을 나야 할지 모르겠습니다

그대의 소리만으로도 부족함 없는 밤입니다

흙으로

– 다완茶碗

닿는 손길로는
더없는 부드러움이고저

한 밤을 고스란히 나누고
언약 위에 세운 몸이 될까

흙빛 위에 맑은 밤
마음을 빚어 네게 가듯

다완茶碗 가득
홀로 오는 새벽

아무도 모르게
두고두고 좋아라

파도

하얀
내 가슴을 치며
물결을 여는
겁 없는 사내야

모래 바닷가
발자국 따라
허물어지는 계단
더 떨어지려면
바다 속
용궁이라도 부셔야겠지만
지상에서도 숨이 막히는
아찔한 그 깊이를 알 수 없어

밀려오고
밀려가고

훑고 가는 곳마다
물무늬

귀가 아픈 사내야

마디와 마디 사이
사라지는 거품 뒤엔
그대, 온전한
몸

가슴이 귀에 닿도록
눈물이 입술에 닿도록
그 아픔이 별에 닿도록

밀고
밀리고

2부 꽃잎, 분분한

꽃잎, 분분한

꽃똥이라도 튄다면
순식간에 불길을 낼
건조한 날들의 정전기

바싹바싹 마르는 입술 위로
가장 뜨거운 말을 하려는 입술 위로
그 하나를 어쩌지 못하는 입술 위로

바람은 불고 불어와
말하지 못하는 입술이
고이는 눈이 될 때까지

사방에는
눈이 아파오는
꽃잎 분분한, 그 향기

봄, 너를 읽다

뒤늦게 오는 사랑

꽃을 보면 아무것도 할 수 없네

하루하루가 길다가도

돌아보면 수십 년 세월

짧아서 서러운 봄날

나를 그리워했다가도

네게로 가는 슬픔은

모습도 없는데

무너질 자리에 개나리는

뭣 하러 피나

뭣 하러 피나

뒷모습만 보이고 가는

사랑, 사랑아

새벽비

– 낙엽

짙어졌습니다
두근거리는 것들을 위해
멈추지 않기로 했어요
고요히 가을 드는
젖은 길 끄트머리
투신하는 내 사랑

사월에

창을 열면
길마다 황금 꽃살
아름다운 날

낙엽 같은
꽃잎 또 꽃잎
아득 아득한 날

가슴으로
고요히 오는 병
그날들이 가네

봄볕

한나절 볕드는 봄 뜰엔
겨울을 넘어온 그림자들이 산다
불타던 지난 일은
더욱 단단히 망울이 올라
보람은 그 뿐인 듯
목숨 끝까지 날을 세우고
빛나며 앓는 몸
꽃의
잎의
저 여린 새순의 그림자
푸른 가슴을 보라
믿을 수 없는 일이
너를 기억하는 순간

오순도순 또 너를 앓고 말리
마음만으로 끝낼 수 있다면
무슨 이유로 이 봄날의
깊고 짙은 숨통을 견디리
자근자근 물리는 봄빛

그 안에 네가 있어
나는 마음이 끓는다
마음을 마음대로 못하고
끝에서 끝까지
온통,

오월에는

숲으로 가자

이브의 몸으로
더운 등을 땅에 대고
멀 듯 시린 햇살을 바라보자
한낮에는 별들도 모서리를 깎고 오고
쏟아지는 새소리
하늘을 마주보고 있으면
누군가의 방 같은 마음
독사가 되고 싶다가도
산나물 같은 여자가 되고 싶어
제대로 싸워 보지도 못하고
무너지고 말았지만
시시하게 걸어 왔지만
도망가지 않는 포로가 되고 싶어
마르지 않는 눈빛
벙어리가 되고 싶어

오늘도 살아서 갖는 무덤

어둡고 칙칙해도

가슴을 분해하는 바람

시원하다

봄날 · 2

피붙이 같이 겨운 것들
시리고
눈부셔라

꽃은 꽃을 향해 가고
길은 길로 가고
이대로 다 갈 줄 알면서도
그대 하나 품지 못하는
꽃가슴

말을 잊을수록
생살로 멍들어 피는
그대야

먹는 것 없이 배부르다가도
비운 것 없이
헛헛한
눈동자에 어린
순한 짐승아

꿈

그리우면 볼 수 있나
미우면 안 보고 사나
아예 사라졌으면 해도

몰래 녹는 봄에는
미운 사람이 꿈에 나타나는 봄에는

나도 모르게
하루 종일 그 사람을 생각하네

노래

봄 산에 들면
깊은 마음
기다리지 않던 곳에서
이루는 끝없는 눈맞춤
언뜻 언뜻
꽃인 듯, 너인 듯

꽃도 안 보이고
멀리 구름도 안 보이고
그저 산에서는 웅성웅성
살아 있는 소리, 그 냄새가
술보다 독했던 것인가
신명으로 춤을 하고 싶었던 것인가

사람들이 산을 내려와
꽃 이야기를 하든가
하늘 맑은 이야기를 할 때
꽃은 산으로 가고
사람은 꽃으로 가네

고래고래 메아리치며

노래 노래

노을을 밟고 가네

고래고래 메아리치며

노래 노래 가네

노을 따라가네

5월의 숲

숲이 빛난다
비에 젖어 더욱 눈부신 초록
조용히 일어나는 소용돌이 한가운데
깊이 이끌릴수록
죽을 것만 같은 고요의 중심
황홀한 아침이다

수천수만의 떨리는 잎들은 어느새
멀고도 친숙한 얼굴로 겹치고 겹쳐
온몸의 세포들이 점점 넓어지고
조금이라도 놓치지 않으려
숲을 흔들고 있다

부풀고 탱탱해진 공간 속
압축 당하는 수분이
된 잎을 만드는 동안
기억은 얼마나 더 숨이 멎은 채
성장을 포기해야 하는 것일까

지금은 모두 하나가 되어
부둥켜안아도 눈물이 고이고
가까이 있거나 멀리 선 나무나
나를 부르는 소리 가득한데
무너지듯 달려가 울고 싶은
빛나는 5월의 소용돌이여!

봄 · 5

어제는
길마다 꽃바람
꽃길을 밟으며
너를 생각했는데

오늘은
입술 언저리
꽃비 같은 뾰루지
누가 날 생각하나

북 치고 장구 치고
- 운파 송성묵 선생 소품전

봄날 쉬어가자고
하나 둘
자리를 깔고 앉아

북 치고 장구 칠 때
걸린 풍경마다
허풍 같은 소리꾼 이야기

그림처럼 살고 싶은 날들
봄 여름 가을 겨울
빠른 세월도 허풍 같기만 하네

봄날 · 1

춥다 덥다 하는 것이
요사이 내 마음의 기후 같더니
시詩도 통 안 되는
잠도 오지 않는 몇 밤을 보내고
오늘은 신기히도 맘이 편하여라

몇 날은 생각도 없더니
화단의 목련
어느 것은 이제 막 부풀어 망울지고
또, 어느 것은 그새 잎이 지고

피는 대로 지는 대로
한결같이 뽀얗게 오르는
슬픔
부러움 없이 좋아라

봄날 · 3
– 벗

바람이 핀다
조용하나 정겹기 끝없고

인수봉 구름마다
난향은 어지러워

연연然然하라고
연연然然하라고

잔 도는 재미
꽃 피는 재미

진달래 후유증

우이도원牛耳桃源

진달래

한잠 자고 나니

벌겋게 익어버린

팔뚝

시인들

무리했다 싶었지

순하다 순하다

막 좋더니

파한 자리

아직도 시큰거리네

백목련 · 2

한껏 날개를 젖히고야
금방 튀어오를 듯
출렁이는 몸, 몸

바람과 둘이
좋아
가슴에 흰 불을 켜고

밤하늘 별들처럼
간절히 향하는 곳마다
생生의 전부 같은
황홀한 4월

슬픔은
담장 아래 숨어도
자꾸 고개를 쳐드네

백목련 · 1

진달래, 그 계집의
독한 손목을 잡고
타 죽어도 모를
하염없는 저 사내

화花도 서럽고
화禍도 서럽고

취하지 말아야지
취하지 말아야지

도원을 그리며
- 진달래

그날 너 없이 부르던 노래를
지금이면 너 혼자 부르고 있겠다

자목련 아래 노오란 개나리
잔치는 다시 시작인데

바람은 쓸쓸하기 끝없어
입술로 묻고 싶던 너를 두고

자리마다 취하고 또 취해
찔레꽃이 타는 목 언저리

메여오는 어둠, 타오르는 어둠
떠날 수 없는 어둠, 고개 숙인 어둠

生에 한 번은 매달리고 싶은 때가
삶보다 먼저였던 순간이 있었기에

떠나온 길에서 울고 싶던 일

참고 또 참은 일

그 전과 그 후를 묻지 않고
벅차오는 슬픔을 징표로 나누었던가

스스럼없이 지는 하얀 목련
바람이 아름답다

3부 사랑

사랑

– 사순절에

어쩜,
그렇게도 고운 멜로디
이별은 한 번도 해 본 적 없는 여자처럼
흠뻑 마음에 빠지는 저녁
남들은 이런 기쁨을 무어라 하는지 모릅니다

지친 하루 늘어진 어깨를
살살 어르는 그렇게도 달콤한 선율
후회는 한 번도 해본 적 없는 여자처럼
이대로만 영원했으면 하는 소망
그대 품 같은 저녁이 오고 있습니다

처음과 끝이 없는 그 향기
뒤는 돌아다본 적 없는 여자처럼
그대, 목숨의 꽃
눈물로 자라는 나는
온전히 그대의 사람입니다

기도
– 사순절에

오늘은 그대를 위해
물 한 방울도 취하지 않고
훤히 속을 비우기로 했는데

비운 속 틈틈이
딴 세상 죄짓는 꿈
몸을 버리고 싶은 아침입니다

고작 이것밖에 되지 않는
부족한 사랑을 용서해 주세요
하나밖에 모르는 미련한 여자가 되게 해 주세요

새벽기도

- 환청

여태 너를 기다렸다고
어둠의 너를 지켜
말라버린 네 그리움 곁에서
그 그리움으로 아팠다고

스쳐가는 너의 시선
스쳐가는 너의 손
스쳐가는 너의 마음
스쳐가는 너의 소리

너의 슬픔에
너를 보는 슬픔까지
너의 날들을
새벽 등불처럼 서 있었다고

기다렸던 곳에서
만나는 새벽
바람은 더욱 부드럽고
눈물은 봄비처럼 긴 어둠을 깨우네

어머니를 생각할 때마다

멀리 청계산 앞으로
창을 열면
한여름 뙤약볕에도 스산히
건너오는 기운이 있다
저 산이 품은 것이
겹겹이 곱기만 할까
한없이 그윽하고 멋들어지기만 할까
반가이 살을 내어 주고
가만히 인생을 들려주기까지
어디로 어떻게 풀릴지 모르던 바람이
꾸던 꿈
칠십의 하늘에 아직 별 서넛은 쨍쨍한
언제나 일어나는 산
안으로
안으로 길을 만드는 산

저기 눈이 시린 녹음 한 무더기
미워서 생긴 사랑
깎일 때마다 쉬던 인생의 집이었던가

크고 푸른 산의 아름다움이
무겁게 가슴에 앉는다
어디로 풀릴지 모르는 바람이
가슴을 훑고 간다

병실에서 · 1

영석아, 영, 석, 아…
회복실에서 나오며 마취가 덜 깬 상태에서도
그녀의 말라버린 입술 사이로 가늘게 새어나오는 소리
죽음에 생生이 맡겨질 때마다 그녀의 생生을 붙들던 이름
날 부른 것도 아닌데 나는 벌컥 눈물이 찬다

하나님을 믿는 그녀는 하나님 바로 아래쯤에
아들 영석을 놓았을 것이다. 그래서 남편을 견디고
줄줄이 그 아래 자식들을 견디고 삶의 안과 밖을
바람처럼 소맷춤에 들이며 견뎠을 것이다

머릿속을 둥근 달처럼 훤히 비추이며
잠든 그녀의 얼굴은 얼마나 저미도록 아름다운지
그녀와 가장 가까운 자리를 탐하던 일도 버리고
종이처럼 푸석거리고 물기 없는 그녀의 발
낙엽보다 뜨겁고 향기로운 그녀의 발금을 만지며

　그녀의 아픔의 깊이를 도무지 알 수가 없어 더욱 겸허해
지는 일

무언가를 한 번도 인내해 본 적이 없는 나는 도저히 그
녀의
인내의 뿌리를 알 턱이 없는 일
어느새 나의 신앙이 되어버린 그녀 앞에서

병실 밖 장발산 단풍이 옮겨 붙어 온몸에 불을 놓듯
눈물이 뜨겁게 타고 있었다

병실에서 · 2
– 풍경

꿈에서도 울고 있는 것일까
잠든 그녀의 눈꼬리에서
가는 눈물이 흘러내린다

그녀의 꿈으로 닿는 시간이
천년만년 더디게 느껴지는 일
오랫동안 그렇게 멀리 있었다

나를 여기까지 오게 했던
피도 눈물도 없던 여자의
뜨거운 독선

눈물과 만나는 것은
타고야 마는 것일까
손이 타들어가는 것만 같다

꿈에서는 누구의 손이라 여길지
더디고 더딘
그녀의 꿈을 닦는다

병실에서 · 3
– 단풍

이미 오래 전부터
이렇게 될 수밖에 없었던 병病

피었다고 할까
그렇게나 문드러졌다고 할까

상관없이 타는 목숨
꿈꾸는 가장자리

병실에서 · 5
- 산책

　목에 구멍을 내고 한 치의 바람도 들지 못하도록 수건으로 둘둘 목을 가린 채 장발산을 거니는 시간이 그녀에게만 힘겨웠던 것은 아니다

　뻣뻣한 그녀의 손이 나의 손을 잡는 순간 얼떨결에 맡겨진 손끝에서 울리던 떨림, 코를 시리게 하는 바람과 진한 낙엽 냄새를 참느라 온몸에 힘을 주었던 것만은 아니다
　"수재야, 너무 좋다 너랑 걸으니까 너무 좋다 너무 좋다"
　아찔하던 세월이 흘러가던 그 몇 초 듣고 싶지 않은 고백은 첫눈보다 빠르게 녹아버렸다

남과 여 · 1
– 신혼

소똥냄새 나는 단칸방과
남편이 퇴근 때마다 꺾어와 내밀던 들꽃
더 필요한 것이 없어도
눈물이 나는 줄
내 것 같지 않던 행복
얼마나 낯설었는지

지금은 소똥냄새 단칸방도 아니고
들꽃대신 번쩍번쩍 목걸이를 받아서
눈물도 말라버렸을까

형편은 나아졌어도
필요한 것은 끝도 없는 것이
마음은 형편없어졌다

이것도 너무 낯설기만 하다

남과 여 · 2

– 첫 아이

식도 올리기 전에
그것도 액션영화의 단순한 키스 장면에
우리는 어이없게 무너지고 말았다
너무 멋없고 정신없이 지나갔다
환상이 모두 깨지는 순간이 안겨준 환상
그렇게 예쁘고 맑은 순수의 결정체
하늘이 까맣게 보이는 순간
들려오던 아이 울음소리
증오하던 세상이 다시 열리는 소리
모든 것들이 풀리는 소리

나에게 일어났던 기적
엄마의 기적이 나였다는 걸
너무 늦게 알아버렸다

남과 여 · 3

– 부부

남편은 채식
아내는 육식

남편은 고깃집을 가자고 하고
아내는 한정식집을 가자 하고

결국
외식은 물 건너가고 말았다

남과 여 · 4
– 대화

점점 말이 없어진다

세월을 나눌수록
호르몬이 바뀌는 사람들

여자 같은 남자와
남자 같은 여자

말 없어도 심심하지 않은 인생

단풍
– 너를 보내며

네가 찬란한 것은
몸에 드는 유혹 때문이 아니다
몸속을 가르는 물
슬픔이 기억하는 슬픔
부드럽다
눕고 싶다
너 하나
살이 붙는 가을 산
갖고 싶다

마지막 더위

– 입추立秋

마지막이다
이것이 마지막이다 해도
마지막인 것은 하나도 없네

지나간 첫사랑 이야기를 듣다가도
풋사랑 설익은 더위를 닦다가도
어느 결에 눈에 감기는 가을 노을
창밖은 짙푸른 잎과 잎
몸이 우는 나무마다
가여워 눈 못 뜨고
서러워 말 못하고
마음 서성이는 숲 언저리를
개천을 따라 돌고 돌아
밀리는 대로 바람을 타고 가면
슬픔 그대로 좋아서 맑았던
그때로 갈 수 있으려나

내 가슴에 머리를 깊게 파묻고
영영 그럴 것처럼 물드는 그대

고작 나는
슬픈 바닷가 노래나 들려줄 뿐이래도
한 방향으로 향한 그것은
내 숨통을 끊어 놓을 바람

꼭 아파서 그런 것은 아닌데
한 사흘, 아니 열흘이래도
뜨거운 불 지짐
호되게 앓아누워 있고 싶다

가을비
– 그대

외진 비탈 무덤가
잔디에 맺힌 투명한 이슬
살처럼 부신 아침
무덤이 자라고 있다

숨이 멎을 것도 같고
차오르는 것도 같고
나를 작신 패고 있는
아침 안개

뻘을 건너오면
기다렸다는 듯 덮쳐오는
이 뜨거운
정말 모른 척하고 싶은 너

살아서 겪는 생매장
무덤 같은 너를
애써 견디어 본들
그렇게 가을을 넘어가 본들

허전한 눈과 손과 입술에 드는
단풍을
열꽃을
속울음을

몸이 읽히듯
들키고 말 것을
처음처럼 복종하고 말 것을
또 다시 그러고 말 것을

눈雪
– 헤어짐

그 오래 전 너는
꿈에서 꿈으로
애닳고 섧더니

천지 사이
망막한
그 후

방해 받지 않는
그리움이 되었다
시원히도 나의 것이 되었다

할 수 있는 것이 없다

노을이 밀리는 저녁
긴 머리 틀어 올리면
눈맞아버린 사내의 손길처럼
바람은 목덜미를 감아 오고
탄 마음 얼마였길래
몸이 붉어지는 여름 나무
그 부근 어디쯤 그대도 있었는가
듬직한 사랑 한 번 못 주고
그대 곁에 나도 있었는가
지난봄부터 뻔히 속을 비우고
쓸쓸히 쓸려 와서
함부로 뽑혀버릴 것만 같은
허약한 마음이 견디고 있는 것은 무엇이냐

기껏해야 한여름 더위쯤이겠지
눈 덩이처럼 커지는 물기
터져버릴 것 같은 여름 나무
목메는 바람이
젖고 있다

돌아오는 길

산을 놓고 내려오는 길
길이라도 잘못 들어
잠시라도 갇혔으면 했다
그렇게 너의 품에
한적한 바람 한 점
모르는 척
안겼으면 했다
그 평화가 얼마나 간사할지
뻔히 알면서도
다시 돌아갈 수 없는
갈래 길에서
물결치며 내미는 푸른 손
차마 그 손도 잡을 수 없는
떨림
생생한 이별
반짝이는 너
그 별

4부 가을 연가

가을 연가 · 1
- 편지

애타게 부르지 않아도
부르는 것마다 애가 타는 가을에는
짙어가는 흙냄새 하늘하늘 날아가는
저녁 무렵을 견딜 수가 없습니다

불러주는 사람 없어도
들리는 소리마다 뒤돌아보는 가을에는
산 것과 죽은 것 까실까실 눈을 뜨는
기적 같은 노을빛을 견딜 수가 없습니다

어디로 닿아야 만날 수 있는지
몸으로 가는 몸을 탓할 수 없는 가을에는
우리, 헝클어진 낙엽을 보듯 닳아서 아픈
오로지 그 마음으로만 타고 싶습니다

가을 연가 · 2

− 코스모스

네가 있어 가을은 온다
한아름 열린 길
강아지풀, 달개비, 호박꽃, 나팔꽃
가난한 마을의 주인

세상 좋은 것, 이쁜 것, 별난 것,
부러울 것 없는 너의 세상
다듬는 호흡마다 아름다운 바람

네가 있어 그 마을을 꿈꾼다

가을 연가 · 3
– 그네

높이높이
바람노는
감나무집

멀리멀리
붉은댕기
감빛처녀

하늘마음
마당깊은
가을치마

가을 연가 · 4
- 변심

저 끝에 구부려 잠든 네 모습이
가을 맑은 하늘에 잠기네

사랑하면서도 사랑할 자신 없고
그 사랑이 서로 다른 사랑인지

너를 살아 온 나의 미움만큼
기대어 오는 사람아

흔들리지 말아야지 하면서 흔들리고
허물지 말아야지 하면서 허물어지고

마음이 마음을 찾아가는 길
알 수가 없네

가을 연가 · 5
– 안부

그렇게 몇 번의 가을이 지났을까

낙엽도 잘 있고 바람도 잘 있고

눈으로 보면서도 속는 세월은

거울 속에서나 깊은 것일까

네 것 같기도 한, 내 것 같기도 한

가을엔 어디라도 곱고 아픈 이야기

그래서 또 세월을 잊고 가네

가을 연가 · 6

- 사랑

눈물이 따가운 가을날에는
하늘이 맑던가 높던가

문 밖에서 한아름 풀꽃을 내밀던
너, 코스모스의 미소
열 길 물속처럼 열리던 가슴이여

낮에는 들녘의 바람
밤이면 별들의 축복
순수히 마주치던 우리 눈빛이여

너를 보는 벅참과 충만함
꿈에서도 꿈이리라
감당하기 힘들었던 시간들이여

오늘 삭막히 걸어가는
가을 한가운데로 나를 이끌어
들녘의 바람 앞에 서게 하고

풀벌레 노래 노래
사랑 사랑
가을 들게 하고

가슴 한가득
숨결 바람 숨결 바람
눈감게 하고

처음으로
희망에 휩싸이며 느꼈던 두려움이여!
마냥 그대로 멈추고 싶던 순간이여!

가을 연가 · 7
– 산책길

어느덧 냇가엔
웃통 벗고 노는
사내 하나 보이지 않고

낚싯줄에 술 한잔
하늘 취한 노인도 보이지 않고

어질어질 낮은 바람
풀과 꽃은 저들끼리 수수한데

가을 차린 길
눈이 아려 가슴이 메여오나

어디서나 심장을 뛰게 하는
떠다니는 슬픔

지금 못 부른 사랑 노래를
까마득히
기약이나 할 수 있으려나

가을 연가 · 8
– 속으로만 몰래

네 입술에 내 입술이 포개어지던 순간도
캄캄히 어둠 속이었던가
가을 잠자리 떼 지어 날아다니는
어지럼증을 무심히 넘기기도 하였던가

세월 간다고
너를 보며 나를 보는 슬픔
부리부리하던 네 눈에도 달빛이 고이고
나는 입술이 타네

멀리까지 바람을 몰고 가
내 마음 그 은밀하고도 고운
물결이듯 미끄러지는 사랑의 말을
남들처럼 속삭일 재간이 없어

속으로만 몰래
하루에도 여러 번 너를 범하고 또 범하고
가을에는 저절로 엉큼해지는 일이야
남들도 그러는가 궁금해지기도 하네

가을 연가 · 9
– 기다리는 시간

두 손을 맞잡고
눈물부터 나는 사람아
오늘도 너는 내 품으로 온다
지나온 것들은 그새 낡은 것이 되어버린
사그라질수록 울음 우는 나에게로 온다

가을 산 깊어가는 바람 앞에 너를
받아들일 수밖에 없는 고통이었다고 할까
들춰낼수록 내게서 온 살아 있는 과거였다고 할까
너를 만나기 전, 먼저 나를 만나지 못한 노래였다고 할까
어디서부터 시작해야 할지 모를 문제였다고 할까

이제와 한 배를 타고 침몰해 가면서도
아무 일도 없었던 것처럼 지냈던 순간이
언제였는지를 발견할 때까지
끝까지 가 보기로 작정한들

이 가을
아무것도 아닌 것들의 가득함을 견뎌낼 수 있을까

그러지 못하는 나를 견뎌낼 수 있을까
사랑하지 못한 나를 용서할 수 있을까

오늘도
아이처럼 까맣게 잊고
내 품에 드는 너의 꿈 가까이
소용돌이 이는 나의 어둠을 바로 볼 수 없다

가을비

새벽 이른 산책이었습니다
숲에 들어서면서 맡아지는 짙은 낙엽 냄새가 너무 어지러워
숨을 고르느라 잠시 서 있기도 했습니다

물방울처럼 매달린 잎들이
가볍고 느리게 떨어지고 있었습니다
수가 많아도 만나면 한 방울이 되는 물처럼
잎들도 떨어지면서 모두 하나의 낙엽이 되고 있었습니다

사랑하면 모두 비슷비슷해지는 것을 생각하니
사람의 마음도 만나면 하나가 되는 일이
물을 닮고 낙엽을 닮아서 그런가 싶었습니다

내 몸 안에서 태어나는 잎이
비가 되고 낙엽이 되고
다시 그대가 되고
끝까지 가고 싶은 길이 되고

그렇게
돌아오고 싶지 않은 시간도 한 방울이 되고 있었습니다

가을 생각 · 1

– 어머니

울창한 가로수 지는 잎을 맞으며

홀로 떨어지는 마음을 밟으며

피 한 방울 남기지 않는

근접할 수 없는

생生의 경지

가을 생각 · 2
– 낙엽

나의 일기에서 그를 지우고 나면

남아 있는

내가 없네

가을 생각 · 3

– 그리움

약속 없는 가을날

공들여 화장을 하고

알아볼 수 없이

깊어가는

산

기도하는 가을

내 살아온 지난날은 다 말할 수 없습니다
가을 숲에 들면 신앙의 목소리
슬픔은 누구의 슬픔입니까!
나무 아래 낯을 숨기고 눈물짓는
영혼의 떨리는 무릎을 보고 계시는 이여
세상에서 얻은 것들을 걷어내면
저기 무심히 돋아난 잡풀만도 못한
나를 생각할 때
눈물밖에는 드릴 것 없는 영혼의 기도,
죄의 기도를 들으십니까!
기적은 가을 숲을 태우고
살아 있는 설운 향기
내 몸의 인연이 흘러가
아픔이 고이는 곳
마음만으로는 다 할 수 없는 곳
그 끝에서 더 아파하시는 이여
기도는 누구의 기도입니까!
절망도 기적이거니
사랑도 기적이거니

그저 당신의 사랑만으로는 살 수 없는 나를
나보다 더 슬피 우시는 이여
꼭 기도가 아니어도 좋은
참으로 크신 이여,
스스로 다스리시는 그 빛 안에
아무렇게 핀 들풀 같이
끝까지 저버릴 수 없는 산 마음 하나
가을 숲 신앙이 되는 울음으로
무심히 던져 주옵소서!
아무렇게나 던져 주옵소서!

추수

빈들에

조용히

아침을 주워가는

저 새

단풍 · 2

눈길은 하염없이 먼 곳으로 가고
아슬아슬 깊어가는 그리움의 동굴 속에서
꽃피는 한 생의 아름다운 슬픔에
나를 녹이고저

다만, 그런 어느 한 순간이
나날이 견디는 바람이고저

하찮은 일상에
무심히 고여 오는 하늘이고저

뜻도 없이 울컥하는 마음에
내려앉아 중심이 되는
한 잎의 가을이고저

가을 새

아침
창 앞에
새 한 마리 앉았다
보통으로 듣던 새소리

낮은 구름과
맑은 바람 사이
그 하나의 선율
날개보다 슬픈 저 천연天然

멈칫, 가슴을 멈칫
고요히 듣는 아침

내 창 앞에
이생의 꿈
한참을 울다 가네

아침 안개

가슴이 열린다

안개를 빠져나오면
몸을 읽은 듯
나를 삼키는 그대

들켜버린 호흡을
나지막이 감추어도
무수히 침범해오는 물기

그대의 혀에
고스란히
감기는 아침

눈을 뜰 수 없다

5부 바람이 부는 쪽으로

겨울 바다

물이 빠지면 깊이를 알 수 없는
그녀의 복부가 드러난다
밟고 지나왔던 흔적들이
그녀의 배를 가르고

자궁을 들어내고
내장을 자르고
소리마저 끊겨버린 몸에서는
넘길 수 없는 순간들이 하얗게 일어나도

간단히 맘먹지 못하는 맘이란
처음부터 껍질뿐이었을지 모를
사랑 때문이 아니다
껍질 속에서 키워온 사랑 때문이다

물이 들어오고 있다
잠긴 것들이 아득한 수평선
건널 수 없는 기억이 깊다
그녀는 잠잠해졌다

바람이 부는 쪽으로

멈추고 싶은 곳에서
고개를 든다
언덕과 구름
구름과 꿈
물결에 맡겨진 몸이듯
시간도 사라진
무한의 공간은 하늘이라 하자
캄캄한 우주라 하자
그 둘레에서
나부끼는 지상의 짐승들
처음 있는 아득함같이
중량도 없이
너와 나를
시작하게 하는 곳
고스란히 지옥이라 하자
감추기 좋은 가을이 오면
네 눈에 내가 열리고
내 눈에 네가 갇히고
언제나

그 하늘에 눈을 뜰 수 없는
언덕과 구름
구름과 꿈
물결에 맡겨진 몸이듯
불 속에 불이듯
가슴에 가슴을 묻고

식욕

가리지 않고 모든 것을 먹어치우는
괴물의 몸 안에서 사육되는 나는
아주 상했든지, 덜 상했든지
뱉어낼 줄 모른다

위장은 이미 문드러졌지만
언제까지 버틸지는 아무도 모르지만
삼키는 것 외,
달리 길이 없는 나는,

꺼지지 않는 배와
가스로 터질 듯 부푼 내장과
넘어가지 않는 너와
소화되지 못한 그럴듯한 우리를 본다

치명적인 그것을 뻔히 보면서도
어느 순간부터는 나조차도
가릴 것 없이 먹어치우는
괴물이 되어가고 있는 줄을

나도 내 어머니처럼

하나의 길만을 남겨둔 채

창과 창 사이 넘어가는 해를 보며

이 하루를 꾸역꾸역 삼키고 있는 것이다

목이 마르다

한껏 드러난 몸매의 여자들이 태양보다 부신 거리
탱탱히 오른 허리로 부서지는 햇살
목이 마르다

멈출 수도, 횡단할 수도 없는
길 위의 사람들과 사람의 길 위에서
숨막히는 지평선을 본다

바닥없는 무력감도
방향 없이 돌아가는 선풍기의 더운 바람도
그림자마저 지우며 가는 너에 대한 뜨거움도
끝을 보지 못한 팔월

무작정 놓아버린 그쯤 어디
짙은 숲내, 숲을 맴도는 바람소리
닿고 스치는 것마다 타들어가는 잎
비틀어지는 잎, 으깨버리고 싶은 잎

어디서부터라고 할까

모르고 싶은 너와 모른다고 할 수 없는 나 사이도
쨍쨍 목이 마르다

여자의 방

방 3칸, 거실과 부엌, 베란다
그리고 화장실
방들은 큼지막해서
사람이든 물건이든 시원히 들이기 좋다
아들 공부방 한 칸
남편 공부방 한 칸
잠자는 방 한 칸
전체가 여자의 집인데
여자의 방이 없다
다 열려 있는데도
막상, 문 닫고 싶을 때에는
닫을 내 문이 없다
어머니와 할머니 또 그 할머니가 그랬듯이
드디어는 그 안에서 먼 섬이 되기까지
방 없는 집에서
나 또한 얼마를 살아야 하는가

돌아보면 아버지보다
어머니가 더 외로워 보였던 이유

더 강해 보였던
그럴 만한 이유가 있었다 해도

그래도 난 내 문을 모른 척할 수가 없다

가구를 다 버리고

이사를 하면서
쓰던 농이며 침대며 소파며
큰 짐들을 다 버렸다

없으면 큰일 날 것만 같던 것들이
사라져도 외롭지 않다는 것은
무서운 일이다

내 몸 같이 여기며 살면서도
시원하게 잊혀지길 바랐던 때가 있었다
내 몸을 모르던 때의 이야기다

휑—하게 비워진 집을 보며
세월도 움직일 수 없는
오래된 가구가 되고 싶다는 생각을 한다

황진이

황진이를 보았어요

예인이 아닌 한 남정네를 사랑한 여인
그이를 위해 남의 품에 살을 푼 여인
시도, 춤도, 사랑 위에 두지 않았던 여인
그녀의 그이가 부러웠습니다

극장을 나오면서 더러는 싱겁다, 시시하다 말했어요
요즘 세상이야 사랑만큼 시시하고 싱거운 게 없으니까요
발 아래 천하를 놓고 휘두르는 송도 명월이의 속살을 보
고 싶었나 봐요
조조할인, 전대 사천 원에 명월이를 샀던 거예요

황진이를 보았어요
사람들의 기대를 저버린 바보 황진이를 보았어요

붙박이장

당연히 그것은
맞춤형이다
간혹
벽과 구별이 안 될 때
벽보다 더 깊은 벽
아주 박혀버린 듯
어떻게 해 볼 틈도 없이
생활의 때는 끼고
미칠 듯이 가려운 몸
숨을 골라 봐도
그저 나는 하나의 가구
내 것 아닌
손짓, 발짓, 눈짓,
쓰임새가 그 모양으로 전락해버렸다
맞춤에 익숙해지는 사이
안에서 생긴 반란
죽지 못한 근성이
내가 나를 해하게 될 줄 알면서
더욱 단단해지는 결집도

그렇게 박혀버린 듯
주문을 걸어도 꿈쩍도 하지 않는다

나도 남이었다

객지로 떠돌다 보면
나그네 다름없는데
집 또한 다른 객지
얼굴 잊어버린 식구들도
오다가다 만나던 바람이었을까

구워 먹지도, 삶아 먹지도 못할
내가 그렇게도 싫어
나도 객지로 떠돌고 말리
바람이 되리
꼭 그 닮은 바람이 되리라 했건만
나는 바람이 못 되고 여자가 되었다
시詩 쓰는 여자가 되었다

시詩 속에서도 아버지는 떠돌이 바람
시詩 속에서도 나는 바람이나 탓하는 소인小人
버릴 수 없는 기억을
시詩라고 어쩔 수 있을까

아버지는 남이었다고 써 놓고 보니
먼저 주지 못한 정情도
끝까지 내몰던 미움도
탯줄처럼 잘라버릴 수 없는 핏줄

나도 남이었다
남보다 더 못한 남이었다

* 이생진 시인의 시 「아버지는 남이었다」를 차용함.

목요일 늦은 밤 2호선

한참을 돌고 돌다 보면
서는 곳마다
그곳이 그곳인 듯
열리는 문이 다
집으로 가는 문 같은

목요일은 인생의 사십
가던 방향을 다시 보는 때
늘 다니던 길이 낯설어지는 때
서둘러 내리고 싶다가도 낯선 길은 두려워
어디로 어떻게 풀리든 기대고 싶은 때다

얼굴을 기대고
이마를 기대고
어깨를 기댄 사람들
내 집 식구같이
털어 주고 싶은 사람들
계단 같은 사람들

그렇게 기댄 채
같은 길
기껏 등을 대고 곤히 잠들
몇 평 안 되는 바닥에 닿기 위해
그렇게 올라가는 것일까
결국 기어가는 것일까

어둠에 덮인
계단 앞에 서면
계단이 사람처럼 보여
숨을 몰아쉬면
딱딱한 곳이 아니라도
사방이 아프다

회복

요즘은 도통 편한 잠을 이루지 못하고 기어이 새벽 세시
에 일어나
기도하신다는 어머니의 전화

밀가루도 한 끼 걸러 먹던 어렵던 그 시절에
남자답지 못하다고 못난 놈, 병신 같은 놈이라고
마음 여린 어린 아들에게 한 욕들이 왜 요즘에서야
회개가 되는지 모르겠다고, 얼마나 그 말들이 큰아들을
아프게 했을까 생각하면 도저히 잠을 이루지 못한다고,
그것이 잘못되었다는 것을 이제야 깨닫는다고…
하나님이 죽을 때가 돼서야 잊었던 일들 생생하게 떠올려
회개시키시는가 보다고…

울먹이는 어머니의 목소리를 하염없는 눈물로 듣는 늦
은 밤

온몸엔 멍 자국, 그렇게 맞고도 울지 않아 독한 년이라
고 욕하던 일
한참 어린 큰딸을 너무도 혹독하게 부렸던 일

입만 열면 죽으라고 했던 일

어머니는 또 차마 그 말을 내게 하지 못하고 큰아들을
빌어서

"그때는 내가 왜 그랬는지 모르겠다고
사는 게 너무 힘들었다고, 힘들었다고"

어둡고 축축했던 어린 시절이 순간처럼 지나간다
어린 나이로 자식 다섯을 혼자 책임져야 했던 어머니의
두렵고 힘겹던 그때도 순간처럼 지나가고 있을 것이다

꼭 한 번은 왜 그랬냐고 물어볼 생각이었는데
나는 아무 말도 못하고
혼자 만지작거리며 노는 걸 좋아해서
공학박사에 교수가 된 병신 같던 큰아들과
죽음 외 다른 것은 생각해 본 적이 없는
그 어머니 때문에 시를 쓰게 된 딸년에게
쏟아놓는 어머니의 뜨거운 고백 앞에

가슴을 묻고 싶은 밤이 지나가고 있다

조금은 더디 갔으면 하는 세월이 지나가고 있다

신밀다원시대新密茶苑時代

꾸물꾸물한 하늘 때문이기도 했지만
'김동리 밀다원시대' 이중구를 짓누르던
땅 끝 바다 근처, 회를 먹는 대목에서
갑자기 그 바다가 궁금해졌기 때문이었다

'바다가 보이는 곳에서 회를 먹고 싶어'

문자를 날렸다

지금은 전쟁 중도 아니고 부모 처자식을 버리고
떠밀려 피난 온 것도 아닌데
갈 곳 없어 뛰어드는 바다도 아닌데

빠지지 않기 위하여 막다른 끝에서 비틀거리는
이중구의 기차를 타고 끄먹끄먹한 하늘을 따라
바다에 가고 싶다고 어떻게 문자로 보낼 수 있을까

밀다원의 뿌연 다방 커피향이 맡아지는 듯
바로 골목을 돌아서 나가면 아무것도 날지 않는
씹힌 문자처럼 대꾸 없는 바다가 보일 것만 같다

이 빠진 그릇

한 십 년
같이 살다 보면
든든하던 이도 빠지고
한눈에 차던 화사한 모습
이젠 다 바래어
내 사는 형편 내가 보는 것 같아
바꾸고도 싶지만
쉽게 버릴 수 없는 세월
툭 치면 멀리까지 맑은 소리
물을 담고 싶던 곳에도
가릴 수 없는 둔탁한 흠집들
누가 보면 흉 될까
이 빠진 부분 가려 보지만
새 것보다 먼저 잡히는 정情
처음엔 손가락 벨까 조심스럽더니
십 년 묵혀온 눈총은 이젠 겁나지도 않다
오히려 안쓰러워 오랫동안 마주보다가
너나 나나 더 빠질 이가 있다는 것에
바보처럼 배시시 웃음을 흘려본다
그래, 아직 한참은 쓰고도 남고 말고

신경치료
– 우울

생의 일부가 사라지는 순간에
환하게 잊어버린 통증
그 두려움 위에서
어디가 어떻게 잘려나가도 모른 채
손끝 하나 흔들리지 않고 누워 있었다

김장

한 얘기 또 하고, 또 하기를 한평생이면
속속들이 무를 때도 되었건만
세월은 숨죽을 줄을 모른다
그래서 절벽처럼 쌓인 엄마의 백 포기 배추가
곱기도 곱고 달기도 달았을까
김치만 먹여서 새끼들 키가 자라지 못했다며 시작되는
엄마의 먼지 나는 세월을 모른 척 듣는 일이
나만 불편한 것은 아니다, 아버지는
"또, 또, 또, 시작이다" 하시며 언성이 높아지고
발끝부터 머리끝까지 바알간 물이 들면
허리는 차라리 굽혀야 편해지는 시간이 오는 것이다

"내년엔 너 혼자 해라" 하던 말도 벌써 삼 년째
"네" 하는 대답도 삼 년째
독마다 독기를 잠재우고 돌아오는 길
작년엔 백오십 포기였는데 오십 포기가 준 것이
참으로 다행으로 생각되었다가
언젠가는 정말 나 혼자 해야 할 때가 올지도 모른다는
생각에
오래오래 먼지 나는 세월 모른 척 듣게 해달라고 기도한다

편지

몇 자 소식이라도 전해야겠는데
아침 저녁으로 낯빛이 바뀌는
들녘이라도 써야겠는데
창 밖 소란스러운 잎들의
아름다운 고별도 아니고
버리며 채우며 스스로 깊어가는
나무도 아니고
더더욱 내 인생의 쓸쓸함도 아닌
이 텅 빔은
너의 자리로부터 흘러나오는
써지지 않는 마음
그 마음에 내리는 불안한 저녁놀을
몇 자도 쓸 수 없다

벌레를 밟았다

하필
그 순간 그 자리에서
우리는 만났을까
그런 것을 운명이라 하는가
늘 조마조마하던 것도
때가 되면
이렇게 두려움도 없이
마주치게 되는 것일까
궁금했었다
전혀 상관없는 것처럼
내 주변을 맴돌며
집요하게 염탐하던 인내의 정체
결국
나에게서 싸늘해질 것들과의 짧은 만남

슬픔은 헤어져서 오는 게 아니었다
그렇게 되어버린 어느 한 순간
모든 것들이 낯설면서 낯설지 않으면서
머뭇머뭇하게 되는 그런 것들과의 대면

왜 그렇게 되었는지
가하게 되는 불가피한 상처
나조차도 자유로울 수 없는
내가 만든 나만의 정의定意의
그 이유를 모름에서 오는 것이었다

소리도 없이 가버린
발 아래 생生
내가 거둘 밖에
내가 치울 밖에

가을 서신

-시, 그대를 묻다

온몸의 전율이 가을을 타고 떠도는 맑은 슬픔
길을 잃고 싶은 날
바람을 짚어가며 지는 잎들이 가는 곳을
썩기 전에는 알 수 없는 슬픔도 모른 채
나도 따라 소리 없이 바람을 짚어보고 싶어
뾰족한 산이나 둥근 산이나 몸이 몸을 버리느라
마음이 마음을 버리느라 부지런히 가을은 또 뜨거운데
포도냄새 물씬 취하는 가게 앞에서도
줍는 순간 가루가 될 것만 같은 말려진 낙엽 앞에서도
뿌리가 밖으로 뻗어 걸릴 뻔한 나무 앞에서도
풀 냄새 지독한 사람 없는 곳에서도
나는 스스로 그렇게 되는 자연이 될 수 없네
한 번도 스스로 그렇게 되고자 한 적도 없네
나는 내가 무엇인지 모르겠어
모르는 것이 내가 되어버렸네

그대의 몸에 내 몸을
그대의 마음에 내 마음을
그대의 눈에 내 눈을

그대의 슬픔에 내 슬픔을
그대의 눈물에 내 눈물을
그대의 꿈에 내 꿈을
몰래 맞추어 보는 일도
다시 돌아가는 길이면서 계속 가는 길이도 한,
누구를 위한 무엇이 아니라 실은 저절로 그렇게 될 것이
었는지
그 길 위에서 이미 나는 나도 모르게 나였는지
그대만큼이나 궁금해지네

가을은 저절로 답을 주는데도 나는 자꾸 묻게 되고
답을 알려 주면서 답할 수 없는 물음을 주는
그대가 무엇인지
그대가 바라보는 내가 무엇인지
무엇이 우리이게 하는지를 또 모르겠네

나는 자백하기도 고백하기도 어려운데
상처 난 것이나 멀쩡한 것이나
잎들은 저리도 곱고 아름다운지

저절로 그렇게 되는 것들의 앎은
더욱 더 나를 무지하게만 하네

가을에는 자연이라는 말이 너무 어려워
그것이 자연스러운 일이라 일러주는 그대도
내겐 너무 힘든 가을이네

해설 | 순금의 시적 감각

순금의 시적 감각

한수재 시인이 처녀시집을 간행한다니 반갑기 그지없다.

나에게는 그럴 만한 이유가 없지 않다. 한 시인을 처음 알게 된 것은 어느 인터넷 사이트에서였다. 그 사이트는 등단시인의 코너와 비등단인의 코너가 따로 운영되고 있었는데, 어느 날 궁금해서 문학지망생들이 활동하고 있는 비등단인 코너에 들어가 보았다. 그랬더니 한 여성이 신데렐라처럼 인기를 누리고 있었다. 그가 바로 한수재라는 사람이어서 그의 작품을 눈여겨보게 되었다.

그러던 중, 고등학교 선배지만 친구처럼 막역하게 지낸 이승만 평론가로부터 전화를 받았다. 전화의 내용은 자신의 며느리가 시 공부를 열심히 하고 있는데 한번 살펴봐 달라는 것이었다. 얘기를 들어보았더니 그의 며느리는 내가 이미 눈여겨보고 있는 바로 그 한수재였던 것이다.

한수재의 작품이 기성시인들에 뒤지지 않는다고 판단한 나는 그에게 등단의 의사가 없는가 하고 이메일을 통

해 물어 보았다. 내가 아는 문예지의 주간들도 더러 있었기 때문에 그런 수준의 작품이면 추천해도 좋겠다는 생각이 들었기 때문이다.

그러나 내가 기대했던 것과는 달리 한수재의 대답은 '노' 였다. 자신의 작품이 아직 모자란다고 겸손하게 핑계를 대기는 했지만, 내가 느끼기로는 현 문단의 풍토에 별로 호감을 갖고 있는 것 같지 않았다.

줏대가 그 정도면 앞으로 좋은 시인이 될 수 있을 것이라는 생각이 들었다. 그래서 그에게 〈우이시회〉(지금은 〈우리시회〉)라는 기성시인만을 고집하지 않는 시모임이 있음을 설명하고, 그를 설득하여 우이시회 회원으로 영입하게 되었던 것이다.

이렇게 해서 그의 시작詩作 활동은 소위 등단이라는 제도적 관문에 구애받지 않고 시작되었다. 2003년 7월의 일이니 그때를 한수재의 문단 데뷔 년이라고 해도 무방하리라.

그동안 우리시회에서 함께 활동을 하며 그를 가까이서 지켜보아 왔다. 예민한 정서를 지닌 그녀는 상냥하면서도 뚜렷한 개성을 갖춘 속이 든 여자다. 수년 전부터 시집 발간을 독려했는데도 서두르는 기색이 전혀 없었다. 그의 처녀시집 발간이 이렇게 늦어진 것은 그의 겸손보다는 자존 때문이었을 것으로 짐작된다. 마음 내키는 글이 아니면 시집으로 묶지 않겠다는 무자기毌自欺의 결벽증 말이다. 작품이 모이기가 무섭게 시집으로 묶어내는 요즈음의 풍토에서는 찾아보기 쉽지 않은 건전한 태도가 아닐 수 없다.

한수재 작품의 외형적 특성은 길지 않음에 있다. 10행 내외의 소품들이 압도적으로 많다.

그 오래 전 너는
꿈에서 꿈으로
애닯고 섧더니

천지 사이
망막한
그 후

방해 받지 않는
그리움이 되었다
시원히도 나의 것이 되었다
　－「눈雪 － 헤어짐」 전문

이런 식의 소품을 만드는 것이 그의 특기다. 분량이 짧은 그의 작품들은 읽기에 부담이 없어 좋다. 그렇다고 만만히 보고 섣불리 덤비다가는 큰 코 다친다. 그의 시는 금강석처럼 단단해서 쉽게 이빨이 들어가지 않는다. 그냥 짧게 쓴 글이 아니라 응축해서 만들어 낸 결정체이기 때문이다.

이 시는 「눈」이라는 제목을 달고 있지만 부제인 '헤어짐'이 곧 주제라고 할 수 있다.

이별을 겪은 이의 마음도 세월의 흐름에 따라 변한다. 처음에는 오매불망 안타깝기 그지없다. 그것이 제1연 '꿈에서 꿈으로 / 애닯고 섫더니'의 상태다. 그러나 세상과 더불어 부대끼며 살다 보면 그에 대한 뜨거운 감정도 점차 식어서 희석된다. 그것이 제2연의 '천지 사이 / 아득한' 정황이리라. 그러나 인생에서 완전히 잊히는 것은 없다. 중년에 이르러 과거를 뒤돌아보노라면 추억의 화로에 그리움의 불씨가 아직도 꺼지지 않고 숨어 있음을 발견하게 된다. 그러나 그 그리움은 젊은 날의 격정을 다 벗은 것이어서 이젠 위험하지 않다. 그 그리움은 애증이 다 휘발한 것이어서 부담없이 반추할 수 있다. 제3연의 '방해 받지 않는 / 시원한 그리움'이 바로 그런 것이 아니겠는가?

눈이 지상을 덮듯 시간은 과거를 그렇게 다 덮는다.

'눈'은 시간의 상징으로 읽어도 좋을 것 같다. 시간(눈)에 의해 묻힌 과거(설원)를 마음의 동요 없이 바라다보는 화자의 초연한 시선을 느낄 수 있다.

한수재의 작품들을 살펴보면, 봄보다는 가을을 여름보다는 겨울을 좋아한 시인임을 알 수 있다. 또한 겨울보다도 가을을 압도적으로 사랑한다. 그의 체질은 양이기보다는 음 쪽인 것 같다. 생성보다는 소멸, 만남보다는 이별, 피는 꽃보다는 지는 낙엽을 사랑한다. 이 시집에는 연작시 「가을 연가」를 비롯해서 가을을 소재로 한 많은 작품들이 실려 있다.

애타게 부르지 않아도
부르는 것마다 애가 타는 가을에는
짙어가는 흙냄새 하늘하늘 날아가는
저녁 무렵을 견딜 수가 없습니다

불러주는 사람 없어도
들리는 소리마다 뒤돌아보는 가을에는
산 것과 죽은 것 까실까실 눈을 뜨는
기적 같은 노을빛을 견딜 수가 없습니다

어디로 닿아야 만날 수 있는지
몸으로 가는 몸을 탓할 수 없는 가을에는
우리, 헝클어진 낙엽을 보듯 닮아서 아픈
오로지 그 마음으로만 타고 싶습니다
　－「편지」 전문

　가을은 화자의 마음을 애타게 한다. 특히 석양이 더욱
그렇다. 누가 부르는 것도 아닌데, 또한 불러주는 사람이
있는 것도 아닌데 마음이 조급하기만 하다. '가을'이나
'석양'이나 다 소멸의 시간이다. 그런 소멸의 시간에 서
게 되면 삶과 죽음에 대해 새롭게 눈이 열린다. 그는 이
러한 정황을 '산 것과 죽은 것 까실까실 눈을 뜨는'이라
고 아주 특유한 감각으로 그려낸다. 이어서 마지막 연에
서는 사라져 가는 것들에 대한 연민의 정을 읊고 있다.
'몸으로 가는 몸'이란 소멸하는 것들에 대해 갖게 되는
화자의 동병상련의 정을 그렇게 표현했으리라. 인간도
저 부서지는 낙엽과 다름없다고 생각하는 순간 어찌 낙
엽을 껴안고 싶지 않겠는가. 이 「편지」는 어느 특정인을
상대로 한 서한이라기보다는 자기 자신을 향한 독백으로
읽어도 무방하다.
　한수재의 낙엽에 대한 연민의 정은 「낙엽」이라는 짧은
시에 극적으로 잘 담겨 있다.

일기에서 그를 지우고 나면/남아 있는/내가 없네

     – 「낙엽」 전문

그의 가을 사랑은 '사라짐'에 대한 아쉬움이며 '사라져 가는 것들'에게 쏟는 애정이다. 그의 휴머니즘 정신이 인간을 넘어 사물로까지 확산되고 있음을 보게 된다.

병고에 시달리면서 얻은 것으로 보인 몇 편의 연작들이 눈에 띈다. 그 중 한 편을 보기로 하자.

이미 오래 전부터

이렇게 될 수밖에 없었던 병病

피었다고 할까

그렇게나 문드러졌다고 할까

상관없이 타는 목숨

꿈꾸는 가장자리

     – 「병실에서 · 3 – 단풍」 전문

병은 인과의 원리로 찾아온 것이므로 거역할 수 없는 것이라고 담담이 받아들인다. 너그럽게 병마를 수용하는 그의 태도가 놀랍다. 병은 삶의 과로에서 육신이 문드러짐으로 일어난 현상임을 화자는 자인한다. 그러면서도 그는 발병을 '피었다'라고 미화해서 표현한다. 꽃이 피듯, 아니 단풍이 붉게 물들어 피어나듯 병은 육신에 뿌리를 내리고 곱게 핀 것으로 생각한다. 소진되어 가는 목숨을 느끼면서도 '상관없다'고 남의 일처럼 초연하다. 어쩌면 꿈을 꾸고 있는 것인지도 모른다는 생각으로 극복하려는 것 같다.

이 작품의 부제를 '단풍'으로 단 것만 보아도 그가 얼마나 가을에 탐닉해 있는 시인인가를 헤아릴 수 있지 않는가?

한편 한수재 시인은 요즈음 흙에 마음을 쏟고 있다. 도예에 흠뻑 빠져 도자기를 열심히 빚기도 한다. 다음의 작품을 보게 되면 그가 얼마나 도자기에 심취하고 있는가 짐작하기 어렵지 않다.

닿는 손길로는
더없는 부드러움이고저

한 밤을 고스란히 나누고
언약 위에 세운 몸이 될까

흙빛 위에 맑은 밤
마음을 빚어 네게 가듯

다완茶碗 가득
홀로 오는 새벽

아무도 모르게
두고두고 좋아라
  -「흙으로 - 다완茶碗」전문

　부드러운 흙의 감촉을 손으로 느끼면서 밤을 새워 다완
을 빚고 있는 화자의 모습이 눈에 선하다. 흙은 얼마나
순박하고 정직한가. 초목을 길러내는 일도 그렇지만 도
공의 손에 몸을 맡기어 그릇으로 태어나는 것도 또한 그
렇다. 배반과 아첨을 모르는 순박한 흙을 만지다 보면 마
음이 평온해지리라. 어느 성인은 물에서 지혜를 배우고
산에서 어짊을 배운다고 했지만, 하나를 더하여 흙에서
순박을 익힌다고 해도 좋을 것 같다.

　마지막으로 이 시집의 표제시「싶다가도」에 대해서는
이 작품이 처음 발표되었을 때『우이시』에 내가 적은 바
있는 짤막한 글을 옮기고자 한다.

시가 굳이 길어야 할 까닭은 없다. 글의 아름다움은 그 길고 짧음과는 무관하기 때문이다. 긴 글이 감동을 주지 못한다면 짜증스럽지만, 짧은 글도 감동을 불러일으킨다면 보석처럼 곱게 느껴진다. 시는 어쩌면 짧을수록 좋을는지도 모른다는 생각을 해 본다.

  지난호를 읽으면서 나는 한 포기 작은 '제비꽃' 처럼 앙증스럽게 고운 소품을 발견하고 잠시 미소를 금치 못했다.

  끊임없이 누군가를 적시고 싶다가도,//
  누군가의 끊임없음이고 싶다가도,//
  남보랏빛 숨은 제비꽃과 마주칠 때면//
  그처럼 눈과 눈에 녹고 싶은 마음이여,//
  아예, 사라지고 싶은 마음이여
    −「싶다가도」 전문

  우리는 누군가에게 영향력을 발휘하는 존재가 되고 싶다. 사랑하는 사람에게, 가족에게, 나아가서는 세상에게 소중한 존재가 되어 오래오래 기억되었으면 한다. 이 시의 화자도 평소에 그런 꿈을 간직하며 살고 있다. 그런데 어느 날 문득 길가의 풀밭에

숨어서 피어 있는 한 포기 제비꽃을 발견한다. 화자는 한동안 남보랏빛 제비꽃의 아름다움에 매료되어 바라다보면서 존재의 의미에 대해서 다시 생각한다. 존재의 가치는 반드시 거대해야 할 필요는 없다고…. 또한 남을 변화시키는 능동적인 삶보다도 설탕처럼 자신을 소진시키는 피동적인 삶도 아름답다는 것을 제비꽃에게서 배운다.

그런데 인간의 욕망이란 참 부질없어 그렇게 하고 '싶다가도' 또 저렇게 하고 싶어지기도 한다. 어떻게 살아가는 것이 정도인지 참 어렵고 어려운 문제가 아닐 수 없다. 끊임없는 망설임의 되풀이가 우리들의 삶의 모습일지도 모른다.

－『우이시』 제216호(2006. 6.)

세상을 바라다보는 한수재의 눈은 깊고 푸르다. 그리하여 그의 작품 속에 서려 있는 시정은 보석처럼 빛난다. 한편 그는 천부적인 시적 감각을 지니고 있어서 적절한 언어로 표상해 내는 능력이 범상치 않다. 이 처녀시집 발간을 계기로 해서 앞으로 그가 지닌 순금의 시적 감각이 더 빛을 발할 수 있게 되기를 크게 기대하며 문운을 빈다.

국립중앙도서관 출판시도서목록(CIP)
싶다가도 : 한수재 시집 / 한수재 [지음]. -- 서울 :
우리글, 2009   p. ;   cm. -- (우리글시선 ; 45)
ISBN 978-89-89376-94-1 04810 : \8000
ISBN 89-89376-20-3(세트)
한국 문학[韓國文學] 한국 현대시[韓國 現代詩]
811.6-KDC4   895.715-DDC21
CIP2009000149

싶다가도

펴낸날 | 2009년 1월 30일 • 1판 1쇄
지은이 | 한수재
펴낸이 | 김소양
편집 | 이윤희, 김소영

펴낸곳 | 도서출판 우리글 • 전화 | 02-566-3410 • 팩스 | 02-566-1164
주소 | 서울시 강남구 역삼동 837-17 삼성애니텔 1001호
이메일 | wrigle@wrigle.com • 홈페이지 | http://www.wrigle.com
출판등록 | 1998년 6월 3일 제03-01074호

도서출판 우리글 2008
Printed in Seoul, Korea

ISBN 978-89-89376-94-1
        89-89376-20-3 (세트)